DISCOVRS DV POËME BVCOLIQVE,

Où il est traitté,

DE L'EGLOGVE, DE L'IDYLE, ET DE LA BERGERIE.

Par MONSIEVR COLLETET.

A PARIS,

Chez LOVIS CHAMHOVDRY, au Palais, deuant la sainte Chapelle, à l'Image saint Louis.

M. DC. LVII.

Auec Priuilege du Roy.

A MONSEIGNEVR SEGVIER. CHANCELIER DE FRANCE.

MONSEIGNEVR,

Il y a quelques iours qu'en la presence de Vostre Grandeur on mit sur le tapis de l'Academie Françoise le mot d'Idyle, qui fut heureusement examinè selon les diuerses connoissances des Academiciens. Mais comme il estoit assez difficile de le dèfinir si précisement sur le champ, aprés que i'eus dit à mon rang, & en peu de mots, ce que i'en pensois, ie crûs qu'il estoit de ce terme comme de quelques autres que l'on renuoye quelquesfois auecque ce mot mysterieux, ampliùs deliberandum. *Et comme ce fut la pensée de quelques-vns de mes Confreres, c'est ce qui m'a d'autant plus obligé pendant ces derniers iours de repos, de rappeller mes anciennes Idées Poëtiques, & de consulter mes Liures. Dans cette agreable méditation i'ay fait quelques petites obseruations sur l'Idyle, c'est à dire sur vne matiere que nos François n'ont iamais traittée. Et parce que ce genre de Poëme est effectiuement vne dépendance du Poëme Bucolique, i'ay pensé qu'il estoit à propos d'aller iusques à sa source, & de parler de l'Eglogue Pastorale, de sa veritable origine, & de son vray caractere. Si en cela i'ay bien ou mal reüssy, ie vous en fais Iuge, MONSEIGNEVR, qui possedez en vn si haut degré le grand Cercle des Sciences*

& des beaux Arts, & qui estes autant au dessus de nous par les grandes lumieres de vostre Esprit, & par vostre sublime Eloquence, que par vostre suprême Dignité. Mais puis que ie suis en possession depuis tant d'années de vous rendre compte de mes estudes comme à mon Mécene & à mon Ephore, ie vous supplie trés-humblement, MONSEIGNEVR, d'agréer ce nouueau trauail. Vous m'obligerez d'autant plus à reprendre cette laborieuse Poëtique que i'ay commencée, & dont i'ay desià fait voir quelques eschantillons sur le sujet de l'Epigramme, du Sonnet, & de la Poësie Morale. Ie suis, & seray toute ma vie,

MONSEIGNEVR,

De V. Grandeur,

Le trés-humble & trés-obeïssant seruiteur,
G. COLLETET.

Le 9. Iuin 1656.

SVR LES SCEAVX rendus à Monſeigneur le Chancelier.

MADRIGAL.

LOIN ce chagrin qui m'importune,
Et qui m'obſede nuit & jour;
SEGVIER, puis que chez toy les Sceaux ſont de retour,
Ne voy-je pas chez moy retourner la Fortune?
O que durant ces derniers temps
I'ay veu de vertueux triſtes, & mécontens!
Le plus beau feu d'Eſprit n'eſtoit qu'ombre, & que glace;
Mais tu fais tellement le mérite éclater,
Que quiconque voudra ſur le ſacré Parnaſſe
De l'honneur, & du bien, n'a qu'à t'en ſouhaiter.

5. Ianvier 1656.

Table des principales Matieres contenuës dans ce Discours du Poëme Bucolique.

DISCOVRS DV POEME BVCOLIQVE.

1. LE Poëme Bucolique est vn genre de Poëme si ancien, que les plus anciens Autheurs en ont attribué la source aux Dieux du Paganisme, & aux premiers siecles, qui estoient de grands amateurs de la vie Pastorale, & qui cherissoient également l'innocence des mœurs, & la simplicité des Chansons rustiques. Si l'on s'en rapporte aux Fables, elles disent qu'Apollon fut le premier qui inuenta ce genre de Poëme, quand il garda les trouppeaux d'Admette Roy de Thessalie. D'autres disent que ce fut Mercure, lors que par le commandement de Iupiter son pere il endor-

Origine du Poëme Bucolique selon les Fables.

mit le Pasteur Argus auec vne fluste rustique. D'autres soustiennent que ce fut le Dieu Pan, lors qu'aprés auoir vainement poursuiuy vne Nymphe fugitiue iusques sur les bords du fleuue de Ladon, il y fit vne fluste de roseaux pour plaindre sa disgrace amoureuse. Et c'est à peu prés la pensée de Virgile.

Pan primus calamos cera conjungere plures, Instituit.

D'autres asseurent que ce fut le Dieu Bacchus, qui est le Prince des Nymphes, des Syluains, & des Satyres, qui se plaisent tant aux exercices champestres, & qui font si grand cas des Bergers, & de leurs chants rustiques.

Origine du Poëme Bucolique selon les Historiens. *Diomedes*

2. Mais si l'on s'en rapporte aux Historiens, comme c'est vne pure inuention des hommes, i'en rencontre aussi parmy nos diuers Autheurs de diferentes opinions, que l'on peut reduire à trois principales. Les vns disent qu'on doit la premiere inuention du Poëme Bucolique aux Lacé-

demoniens. Et voicy comment ils le racontent. Lors que Xerxes, Roy des Perses, auec vne effroyable Armée, vint fondre dans la Gréce, la consternation y fut si grande parmy tous les peuples, que la plusspart d'entr'eux abandonnant les Villes & les Citez, chercherent leur salut dans les Antres, & dans les Forests. Mais comme ce Prince Conquerant eut esté contraint de ceder à la Fortune, ou à la vertu de Themistocle, en la fameuse Iournée de Marathon, aux premieres nouuelles de la défaite de Xerxes & de sa retraite, les Grecs, & les Lacédemoniens entr'autres, quitterent leurs tristes solitudes, & vinrent se rétablir dans le Péloponese, en intention d'y seruir & d'y honorer plus que iamais la Déesse Diane, dont ils deuoient ce iour là mesme celebrer la feste, sous le nom de Diane Cariatyde, ainsi nommée d'vn village de Laconie, appellé Carie. Mais d'autant que les Filles de Lacédemone qui auoient accoustumé de

Grammaticus Probus Grammaticus. Seruius. Iulius Pomponius Sabinus. Cato in origin. Iul. Scaliger. Viperanus. Ger. Vossius. M. de Marolles.

chanter les Hymnes en l'honneur de la Déesse, estoient encore absentes de la Cité, d'où la crainte & l'effroy des armes barbares les auoient éloignées; pour ne pas interrompre vn sacrifice si solemnel, les Pasteurs des Villages voisins y vinrent, au defaut des Filles de la Ville, celebrer cette feste auecque de nouuelles Chansons rustiques qui plûrent infiniment. Et ces nouueaux honneurs rendus à la Déesse, furent dés lors appellez honneurs Bucoliques, soit à cause que ceux qui les rendoient estoient effectiuement des Pasteurs de Boeufs, soit que les Bœufs fussent les animaux les plus puissans, & mesme les plus necessaires de tous pour les exercices de la vie rustique.

Il y en a d'autres qui tiennent que le Poëme Bucolique prit naissance dans la Sicile ; ce qu'ils racontent de la sorte. Deuant que le Roy Hieron se fût rendu Maistre de la Ville de Syracuse, vne certaine maladie contagieuse s'épãdit tellement par toute la Sicile, que tous les trouppeaux de cette contrée en furent miserablement infectez ; ce qui obligea les habitans d'auoir recours à la Déesse Diane, & de luy bastir vn Temple & des Autels, sous le titre de Diane Limache, ou Liacque, comme qui diroit, A la Déesse Liberatrice des maux, dont ils estoient affligez. Et comme à force de prieres & de sacrifices, ils en eurent finalement obtenu la guerison, en memoire d'vne si heureuse déliurance, ils commencerent de composer des Chansons Pastorales, & des Hymnes rustiques, qu'ils appellerent dés lors Bucoliques, & ceux qui les chantoient, Bucoliastes.

Il y a là-dessus vne troisiéme opinion qui regarde encore la Sicile, quoy que neantmoins diuersement. Aprés que le furieux Oreste eut commis son abominable parricide, dans le iuste regret, ou plustost dans la noire furie où il estoit d'estre tombé dans vn si grand crime, pour trouuer quelque soûlagement à son mal, il alla consulter vn Oracle qui luy répondit, *que son tourment & sa rage cesseroient, si aprés auoir recouuré sa sœur Iphigenie, il s'alloit lauer dans vn fleuue de qui l'eau estoit meslée & confonduë auecque l'eau de sept autres fleuues.* Ce qui l'obligea de courir par le monde. Et comme son bonheur eut voulu qu'il eut recouuré Iphigenie en passant dans la Tauride, il vint sur les confins de Rheges, où rencontrant le fleuue Pacolicos, qui selon Caton dans ses Origines, en reçoit sept autres, comme Latapadon, Eugion, Stracterie, & le reste, il s'y laua pour expier son crime, & passa en suite iusques en Sicile, où ayant satisfait aux paroles de l'Oracle, la Déesse Diane, dont il portoit auec luy le simulacre, luy apparut vne nuit en songe dans la ville de Syracuse. Ce fut là qu'elle luy ordonna de luy consacrer vn Temple sous le titre de Diane Phaselide, à cause des faisceaux, ou pour mieux dire des petites bandelettes que les Latins appellent *fascias*, dont l'image de la Déesse estoit enuelopée.

Dés qu'il eut consacré ce nouueau Temple, la deuotion du lieu y attira vne infinité de gens de tous costez, & singulierement des Pasteurs, qui firent aux Ministres de la Déesse beaucoup de présens rustiques, comme des troupppeaux de Bœufs, de Brébis, & de Chevres ; pour la conduite desquels il fut question d'appeller plusieurs autres Pasteurs qui s'en chargerent volontairement, & gratuitement mesme, puis qu'ils se contenterent pour leur peine d'vn peu de lait & de fromage. Mais comme Oreste auoit esté fort bien receu des habitans du lieu, qui luy témoignerent encore beaucoup de zele pour l'image & le Temple de la Déesse Diane, il y institua des sacrifices rustiques, qu'il fit accompagner d'Hymnes & de Chansons Pastorales. Et voilà, disent-ils, le commencement & l'origine du Poëme Bucolique.

3. Ce n'est pas qu'il n'y en ait encore quelques-vns qui en attribuënt la premiere inuention à vn certain

Autre origine du Poëme Bucolique. *Athen. lib.14. Lil. Girald. Petr. Narnius.*

Diomus Pasteur Sicilien; d'autres à Daphnis fils de Mercure, & d'vne Nymphe; ces deux premiers nouris dans les bois,& parmy les Nymphes. D'autres à vn certain Comatas, lequel estant resserré dans vne étroitte prison, ne vesquit assez long temps que du miel sauoureux de quelques Abeilles, qui de bonne fortune pour luy se rencontrerent en ce lieu. Et ce fameux Berger fut tousjours tellement regretté des bons Poëtes, que long temps aprés luy, Theocrite, & Virgile, déplorerent hautement sa mort, comme du premier Autheur de l'ouurage Bucolique. Mais quoy que nous ne lisions rien de la façon de ce Diomus,ny de Comatas,ny de Daphnis mesme, & que l'on doute encore s'ils ont iamais escrit, si est-ce que leurs Chansons vocales ont pû seruir de modele aux siecles suiuans. Ce que l'on ne doit pas trouuer estrange, puis qu'il est certain que les plus anciens Poëtes se sont plustost rendus celebres par leurs Vers & par leurs

Chanſons, que par la publication de leurs œuures. Ie ne veux pour témoins de cette verité que ces Chantres antiques, Linus, Demodocus, Phemius, Eumolpe, & Amphion, dont les noms ſont encore ſi connus des Sçauans, qui pourtant n'ont iamais rien leu de leurs ouurages. Aprés tout, il y a bien de l'apparence de croire que ce genre de Poëme Bucolique, dont l'air eſt touſjours fort agreable, quand il part de l'eſprit d'vn bon Poëte, qui ſçait abaiſſer, ou éleuer ſon ſtyle aux occaſions, ſoit auſſi bien que la Comedie, originaire de la Sicile. Les grands Maiſtres l'ont dit.

> *Prima Syracoſio dignata eſt ludere verſu.*

Et encore,

> *Scicelides Muſæ paulo majora canamus.*

Soit à cauſe de Diomus, de Theocrite, & de Moſchus, tous trois Poëtes Siciliens, ſoit à cauſe de ce que i'ay rapporté cy-deſſus de Diane

Liacque, ou de Diane Phascelide.

Notable différence entre les Pasteurs. 4. Quoy qu'il en soit, comme entre les animaux que pour l'vsage & l'entretien de la vie humaine les hommes se sont aduisez de mener paistre, il y en a de diferente nature, ils en ont aussi remporté des noms bien diferens. Les Pasteurs de Cheures ont esté nommez Chevriers, les Gardeurs de Brébis, Bergers; les Conducteurs de Bœufs & de Vaches, Bouuiers, & Vachers. Et ce sont ceux-là seulement que les Poëtes ont introduit dans leurs Poëmes Bucoliques. Car pour ce qui est des Porchers, comme le Porc est vn animal extrémement vil & sale, & de qui l'Ame, comme dit Chrysippe dans Varron, luy a esté donnée au lieu de sel, ou mesme de qui le sel luy tient lieu d'ame & de vie, ces Pasteurs sont tousiours demeurez dans le mépris & dans la bassesse, & n'ont iamais paru dans les ouurages Bucoliques. Il est aussi à remarquer que les Poëtes n'ont pas introduit

Donatus. Iod. Villichius in Tityrum Virgilij. Ger. Vossius.

dans leurs Poëmes ceux qui menent paistre les Cheuaux, pource que non seulement cet animal n'est pas propre pour la nouriture de l'homme, mais aussi pource qu'ils ne le croyoiét pas propre à l'Agriculture; car les Anciens se sont tousjours seruis de Bœufs, & non pas de Cheuaux, pour labourer la Terre.

Mais de tous ces diuers genres de Pasteurs de trouppeaux que i'ay nommez cy-dessus, les Pasteurs de Chevres, & de Brébis, ont tousjours esté si considerables, qu'on les a tousiours préferez aux autres. Et quoy qu'entre ceux qui habitent les chãps, & qui se plaisent dans les solitudes, les Chasseurs, les Pescheurs, & les Laboureurs, ayent des emplois qui pourroient bien fournir de matiere aux productions Pastorales; si est-ce que, comme les Chasseurs sont tousjours en mouuement & en action, & n'ont pas le temps de s'arrester, ny de chanter; & comme les Pescheurs doiuent garder le silence, pour ne point troubler leur pesche, qui est vne espece de chasse muette; & comme le trauail des Laboureurs est pesant & difficile, & qu'il demande vne trop grande application, c'est pour cela que nos Poëtes tant Grecs que Latins, tant Italiens que François, n'ont guere fait d'Eglogues Marines & Chasseresses, & iamais de Laboureuses, si i'ose me seruir de ce nouueau mot, pour exprimer vne chose qui n'a iamais esté faite. Ils ont bien plus volontiers employé le nom de Berger, pource que son exercice est le plus oisif & le plus tranquille de tous, & qu'il a bien plus de temps & de loisir pour méditer des Chansons, qu'il peut naturellement imiter des diuers concerts des oyseaux, du sifflement des vents parmy les arbres, & du doux murmure des ruisseaux & des fontaines. De là vient que comme l'oisiueté est la mere de la volupté, les Bergers traitent le plus souuent de l'Amour, qui est la passion la plus conforme à la

Nature, qu'ils reſpectent comme vne bonne Maiſtreſſe, & dont ils obſeruent les innocentes Loix; en quoy ſans doute ils ſuiuent l'exemple des premiers temps, & renouuellent entr'eux l'image précieuſe de l'antique ſiecle d'or.

Les Bergers auec leurs Muſettes,
Gardant leurs Brébis camuſettes,
Premiers inuenterent les ſons
De ces poëtiques Chanſons,

dit Ioachim du Bellay dans ſes Ieux ruſtiques.

De l'Eglogue, de ſes vertus, & de ſes vices.

5. Et c'eſt veritablement ce qu'ils font dans ce genre de Poëme qu'ils appellent Eglogue, qui eſt vne eſpece de Dialogue, où ils introduiſent des Bergers & des Bergeres qui s'entretiennent ordinairement de leurs amourettes, de leurs ſoûpirs, & de leurs plaintes, de leur mélancolie, ou de leur ioye. C'eſt où ils parlent encore des Faunes, & des Nymphes; des Deſerts, & des Bois; des Arbres animez du chant des Oyſeaux, & de l'halcine des Zephirs; de leurs Mou-

tons, & de leurs Chevres ; de leurs Boucs, & de leurs Chiens ; de leurs veſtemens, & de leurs cabanes ruſtiques ; de leurs flageolets, & de leurs muſettes ; de leurs houlettes, & de leurs panetieres ; de leurs gages, & de leurs eſchanges ; de la clarté du iour, & de l'obſcurité de la nuit ; & de ſemblables choſes que les bons Poëtes n'ont iamais oubliées. Si la venérable Antiquité a touſjours trouué ſi beaux, & ſi floriſſans, les Vers de l'illuſtre Saphon, pource qu'ils ne parloient que de choſes agreables, comme des Iardins & des Vergers des Heſperides, des Concerts charmans des Roſſignols, des ombres délicieuſes des Foreſts, du doux murmure des ruiſſeaux & des fontaines, des danſes & des chanſons des Bergeres & des Nymphes ; n'eſt-ce pas pour la meſme raiſon que l'on doit faire grand cas des Eglogues Paſtorales, puis qu'elles ont toutes ces choſes diuertiſſantes pour principal objet, & pour agreable matiere ?

Par ce que ie vien de dire il paroiſt aſſez que le caractere ſpecifique de l'Eglogue ne demande pas d'ordinaire vn ſtyle pompeux & ſublime, ny de graues ſentences, mais ſeulement vne diction ſimple, pure, & nette, & des expreſſions naïues, & conformes aux matieres traittées, qui ne reſpirent que l'air des champs, & qui ſont comme le vray tableau de la vie ruſtique.

6. Mais encore que ce genre de Poëme ne demande pas ordinairement vn ſtyle ſi ſublime, ſi eſt-ce qu'il le demãde touſiours fort fleury, & ne veut rien de bas ny de rampant. Et c'eſt en quoy, au iugement meſme de Scaliger, Baptiſte Mantuan a lourdement failly dans ſes Eglogues. Car encore que ce Poëte eût beaucoup de genie, il auoit ſi peu d'art, & ſi peu d'adreſſe, qu'il ne feignoit point d'employer tout ce que la chaleur & l'impetuoſité de ſon eſprit dictoient à ſa plume; haut, ou bas; rare, ou commun; ingenieux, ou non. Ses

Contre les Eglogues de Baptiſte Mãtuan.

Vers n'auoient preſque touſjours rien que de ruſtique, & preſque toutes ſes locutions eſtoient groſſieres & traiſnantes, & ſe ſentoient tellement de l'air du Village, que l'on a peine à les ſouffrir dans la Ville. Et en effet, ce n'eſt pas tout de repreſenter la nature, il la faut repreſenter par ce qu'elle a de plus noble, & de plus beau. Autrement on choque les loix de la bonne Poëſie, & de la bienſeance meſme. Il faut ſi bien meſler la ſéuérité de la Ville auecque la liberté de la campagne, que par leur oppoſition la campagne paroiſſe touſjours plus belle, & plus agreable. Car ſans cette adreſſe il s'y rencontre des choſes qui ſont bien plus ſoûleuer le cœur, qu'elles ne charment les yeux, & les oreilles. Comme quãd Mantuan introduit vn Berger, qui pour en loüer vn autre, le rend fort ſçauant, dans les plus bas, les plus honteux, & les plus ſordides exercices de la vie.

Si velis caſtrare pecus, ſeu ſcindere fagos;

Siue fimum ferri è ſtabulis, haurire cloacas,
Latrinas curare, viamque aperire coactis
Sordibus.

Et le reſte, qui n'eſt pas de fort bonne odeur; non plus que cet autre encore, où il fait dire ſi ridiculement à vn autre Berger, qu'auant que de chanter il eſt preſſé de laſcher ſon éguillette, & de décharger ſon ventre.

Dum ventris onus poſt hæc carecta leuabo, &c.

Quel homme raiſonnable ne m'aduoüera pas que c'eſt vn peu trop groſſierement, & trop ſalement encore imiter la nature? Il y en a pluſieurs autres ſemblables que le Poëte doit ſoigneuſement éuiter, comme autant d'écueils & de rochers. Auſſi Scaliger, qui auoit bon nez & bon ſens, ſe mocque plaiſamment de certains ignorans de ſon ſiecle, qui non ſeulement oſoient comparer Mantuan à Virgile, mais qui préferoient encore les Boucs & les Porchers de l'vn aux doux Agneaux, & aux nobles Pasteurs de l'autre. Et à ce propos le Prince Fédéric n'auoit-il pas bonne grace de faire éleuer dans vne place publique de la Ville de Naples vne statuë de marbre sous la figure de Mantuan auprés de celle de Virgile? *Piâ hercle, si non ridendâ comparatione.* Et c'est le mot de Paul Ioue sur cette ridicule comparaison.

Des Eglogues d'vn style sublime.

8. Ce n'est pas que, comme i'ay dit, les bons Poëtes n'enflent quelquesfois leur style, & n'éleuent leurs Chansons Pastorales, lors que sous des termes de Pasteurs ils s'entretiennent des affaires du grand monde, des morts des Princes, & des autres hommes illustres, des calamitez de leur temps, des changemens des Estats & des Empires, des diuers succés, tristes ou ioyeux, de la bonne ou mauuaise fortune; & mesmes lors qu'ils osent pousser leurs voix iusques aux oreilles des Consuls, ou des grands Heros de leur siecle; ce qu'ils font sous des termes si agreables, &

auecque des Allegories ſi ingenieuſes & ſi iuſtes, que les intelligens en découurent bien-toſt le ſecret, & voyent bien par l'application des matieres baſſes aux ſublimes, & des choſes aux perſonnes, ce qu'ils veulent cacher ſous vn voile Paſtoral; & l'on en peut voir de cette nature, auſſi-bien que des autres formes, dans Theocrite, dans Virgile, dans Nemeſian Carthaginois, dans Calpurnius Sicilien, dans Fauſtus Italien, dans Petrarque, dans Bocace, dans noſtre Ronſard, & preſque dans tous nos Poëtes anciens & modernes. Et c'eſt ce que les vns, comme i'ay deſjà dit, ont appellé Eglogues, les autres Bergeries, Paſtorales, Foreſteries, Bocages, & les autres Idyles.

9. Ie ne parleray point icy dauantage de l'Eglogue, pource que, comme i'ay dit, il n'y a rien de ſi commun dans nos Poëtes Grecs & Latins, Italiens, Eſpagnols, & François, qui en ont tous composé comme à l'enuy. Ie diray ſeulement qu'Octauien de

Premier Autheur de l'Eglogue Françoiſe.

Saingelais, Euesque d'Angoulesme, est apparemment le premier d'entre nous qui en a fait en nostre langue, puis que traduisant toutes les œuures de Virgile en Vers François, il traduisit aussi les Eglogues Latines de ce diuin Poëte dés l'an 1495. Guillaume Michel, dit de Tours, & Richard le Blanc, les traduisirent en suite ; & mesme aprés tous ces vieux Poëtes, Clement Marot nous donna en nostre langue la premiere de ces fameuses Eglogues. Mais comme il auoit pris goust à ce genre d'escrire, aprés auoir traduit celle-là, il en composa encore deux autres de son inuention ; l'vne, sur la mort de la Reyne Loüise, Mere du Roy François I. & l'autre, qu'il adressa au mesme Prince sous les noms rustiques de Pan & de Robin. Et ainsi l'on peut dire qu'il est du moins le premier de nos Poëtes François qui a fait des Eglogues de son inuention. A l'exemple de ceux-là, Michel d'Amboise, dit l'Esclaue fortuné, traduisit en rime les Bucoliques, non pas de Virgile, comme a dit Georges Draude dans sa Bibliotheque Classique, mais les Bucoliques de Baptiste Mantuan, qui contiennent dix Eglogues, & les publia à Paris l'an 1530. Pierre de Ronsard en fit à l'exemple de ceux-là, ou plustost à l'exemple des anciens Poëtes, de si belles, & de si éclatantes, & d'vn style si doux & si pastoral, qu'à mon gré il n'y a rien de plus beau dans toutes ses œuures. Iean Antoine de Baïf, Remy Belleau, Claude Binet, Iean de la Fresnaye, Amadis Iamyn, & quelques autres fameux Poëtes de ce temps là, en composerent aussi de diferente maniere. Et de nostre temps nous en auons veu quelques vnes en nostre langue, tant prophanes que sacrées, qui égalent, ou plustost qui effacent toutes les anciennes, fussent-elles mesmes du siecle d'Auguste.

Mais pource que ie viens de dire que l'Idyle est vne espece de Poëme Boccager, & mesme que dans la penſée de quelques-vns qui n'ont pas tant approfondy cette matiere, c'eſt vne choſe qui n'eſt pas ſi connuë, ie diray ce que ma memoire m'en peut fournir, & ce que mes diuerſes lectures m'en ont appris. Ce que ie fais d'autant plus volontiers icy, que ce mot qui venoit en ſon rang dans le Dictionnaire François a exercé, & partagé meſme depuis huit iours, les Eſprits de noſtre celebre Academie Françoiſe, en la preſence de ſon illuſtre & grand Protecteur, à qui tout le Parnaſſe, auſſi-bien que toute la France, a des obligations ſi grandes & ſi conſiderables.

Origine de l'Idyle. *Lil. Girald. Fed. Iamot. in Theocrit. Pet. Ramus.*

10. Ce que nous appellons Idyle en François, vient du mot Grec *Eidos*, qui ſelon les Interpretes de Pindare, eſt vn certain genre de Poëme, ou vne certaine forme de langage, ſoit narratiue, ſoit actiue, ſoit meſlée; d'où vient que Pindare appelle, diſent-ils, ſes Hymnes & ſes Poëmes *Eidi*, qui contiennent ces trois diferents caracteres de Poëſie. De ce

mot *Eidi*, les Grecs ont fait ce diminutif, *Eidullion*, que les Latins appellent *Idyllium*, ou *Speciunculam*, & les François aprés eux *Idyle*, qui ne signifie autre chose que de certaines & diuerses petites images, telles qu'on en voit grauées sur quelques pierres précieuses, comme sur des Amethistes, des Lapis, des Agathes, des Calcedoines, & autres semblables. Et c'est de là que les Poëtes Bucoliques ont emprunté ce nom; car voyant que le mot d'Eglogue, quoy qu'il veüille dire presque la mesme chose, puis qu'il signifie de certains Poëmes choisis, sembloit desirer vn discours plus long & plus estendu, que les Latins appellent *deductum carmen*, qui ressemble aux filets de chanvre ou de lin, que les Bergeres en chantant tirent de leurs quenoüilles, & roûlent sur leurs fuseaux, ou sur les bobines de leur Roüet; lors qu'ils ont voulu se resserrer dans des bornes plus étroites, ils se sont aduisez de ce mot d'Idyle, pour representer en abregé des

Ioan. Crispi. in Theocrit. La Fresnaye. Pet. Nannius.

Diférence de l'Eglogue & de l'Idyle.

choses plus petites, & plus legeres. Et comme dans les Eglogues Pastorales on peut apprendre exactement la vie & les mœurs des Bergers & des Bergeres, & des autres gens de village, lors que l'on veut prendre plaisir à voir la nature toute simple & toute nuë dans les Idyles, qui ne sont ordinairement que de petits Poëmes, on ne voit aussi que de petites peintures des fantaisies d'Amour, & s'il le faut ainsi dire, des jeux rustiques & enfantins des Bergers, & des Bergeres.

Le premiers Autheurs des Idyles, parmy les Grecs.

11. Le premier de tous les Poëtes Grecs qui composa des Idyles, fut Theocrite Syracusain; ce qu'il fit pour deux raisons principales; la premiere, pour donner vn nouueau nom à de nouuelles choses; & la seconde, pour confondre l'arrogance de certains Pasteurs orgueilleux qui se vantoient de son temps d'éleuer leurs Chansons au dessus des Pins & des Cedres des plus hautes Forests, quoy qu'à peine fussent-ils capables d'atteindre iusqu'aux plus petits buis-

sons, & aux plus basses bruyeres.

Moschus, qui estoit de la Ville de Syracuse, aussi bien que Theocrite, & qui apparament viuoit au mesme temps, quoy que Viperanus & Vossius le fassent plus ancien; ce Moschus, dis-je, composa à l'exemple de Theocrite, plusieurs Idyles; ie dis plusieurs Idyles, pour refuter le méconte de Lilius Gyraldus, qui soustient qu'il ne nous est resté de Moschus que l'Idyle de l'Amour fugitif, & que celuy d'Europe auec vne Epigramme de l'Amour qui laboure la terre. Cependant nous auons encore outre cela du mesme Autheur Grec, son bel Idyle de Mégare femme d'Hercule, son Idyle excellent qu'il appelle l'Epitaphe de Bion Pasteur amoureux, ce mesme Idyle de l'Europe que quelques-vns mal informez ont attribué à Theocrite, & confondu parmy ses œuures, aussi bien que l'Idyle de Mégare; & cinq ou six autres encore petits Idyles sur de diuers sujets, que Laurentius Gambara

Italien, & depuis luy Bonauentura Vulcanius Flamant, ont élegamment traduits en Vers Latins; les premiers publiez en la Ville d'Anuers, l'an 1569. & les derniers en la mesme Ville, l'an 1584.

Nous auons encore ceux de Bion, entre lesquels toute l'antiquité a tousjours fait si grand cas de son Epitaphe d'Adonis, que plusieurs fameux Poëtes anciens & modernes, Latins, Italiens, & François, n'ont pas dédaigné de le traduire en leurs langues. Le tout à la gloire de l'Autheur, qui nasquit, aussi bien qu'Homere, en la Ville de Smyrne, & qui viuoit du temps mesme de Theocrite & de Moschus, ausquels certains Autheurs ont encore assez injustement attribué ce mesme Idyle.

Depuis ces trois Poëtes ie n'en voy point qui se soient appliquez à ce genre d'escrire, du moins qui ayent emprunté le nom d'Idyle. Car tous ceux qui ont fait des Bucoliques, & des Bergeries, nous les ont données ſous le ſeul titre d'Eglogues, ou d'Eglogues Paſtorales.

12. Le fameux Auſone Bourdelois fut à mon aduis le premier des Poëtes Latins qui emprunta des Grecs le nom d'Idyle, puis que ce fut ſous ce nouueau titre qu'il nous donna pluſieurs de ſes Poëmes Latins, & entre les autres celuy de la fragilité de la vie humaine. Mais comme ce titre eſtoit originaire de la Gréce, il ſemble que Federic Iamotius Poëte Flamand, de la Ville de Bethune, l'ait voulu renuoyer à ſa ſource, lors qu'il a pris le ſoin de le traduire en beaux Vers Grecs, qui ont le veritable caractere de l'Antiquité.

Premiers Autheurs des Idyles Latins.

Heobanus Heſſus, fameux Poëte Allemand, fut le premier des modernes qui aprés Auſone compoſa des Idyles en langue Latine. Car aprés auoir traduit élegamment en cette meſme langue tous les Idyles de Theocrite, il en compoſa pluſieurs autres de ſon inuention, qui ſont autant de riches tresors sur le Parnasse de nos Muses. Ange Politian, Laurentius Gambara, Iean Douza, Henry Estienne, exercerent leur beau style sur quelques Idyles de Moschus, & de Bion; & le dernier de ces Autheurs modernes, qui ne cedoit à pas-vn autre, nous en donna quelques vns de sa façon, qui sont des ouurages à rechercher & à lire par les curieux des belles productions.

Le mesme Federic Iamotius, & Philibert Girineti, composerent pareillement de leur inuention des Idyles assez supportables Godefroy Milander Allemand, de la Ville de Cologne, en publia aussi quelques-vns en la Ville d'Orleans l'an 1572. sous le titre d'Idyles Lyriques, qui ne sont pas tant à mépriser. Et quelques années aprés, vn certain Robert Obryssus, Poëte & Theologien de la Prouince d'Artois, composa vn iuste volume d'Idyles sacrez en langue Latine, sur les principaux mysteres de l'ancien & du nouueau Testament de Nostre Seigneur. Et comme l'Autheur n'auoit pas eu le temps de les publier luy mesme, estant préuenu de la mort, vn de ses bons Amis prit le soin de les recueillir, & de les rendre publics, par le moyen de l'impression, l'an 1587. en la Ville de Doüay. Ils sont diuisez en douze Liures. Et il me souuient de les auoir leus en ma ieunesse auec d'autant plus de plaisir, que les choses sacrées l'emportent sur les matieres profanes. Le docte & fameux Holandois Hugo Grotius, nous en a donné vn fort gentil, intitulé Myrtile, comme on le peut voir dans ses diuerses Poësies Latines publiées à Leyden l'an 1639. Iean Lernutius, délicat Poëte Flamand, composa des Décades d'Idyles sacrez qu'il fit imprimer à Louuains sur la fin du dernier siecle. Pierre Bertaut, de l'Oratoire, publia pareillement à Paris l'an 1631. plusieurs Idyles Latins sur le sujet des guerres d'Italie pour le Duc de Mantoüe, & specialement sur l'heureuse déliurance de la Ville de Cazal. Et quoy que l'Autheur ne leur ait pas donné vn titre plus magnifique, ny plus pompeux que l'Idyle, si est ce qu'ils ont le veritable caractere de l'heroïque, soit dans leur haute matiere, soit dans leur vaste estenduë. Finalement i'ay rencontré depuis peu dans les diuerses Poësies de Sangenesius quelques Idyles Latins de sa façon, qui sont certes bien dignes de la beauté de son esprit, & de la force de son genie. Et depuis fort peu de temps encore Guillaume Becanus Iesuite, en a publié quelques-vns parmy ses diuerses Poësies Latines imprimées en la Ville d'Anuers l'an 1655.

Des Idyles Italiens,

13. Entre les Italiens, Hieronimo Pretti, Antonio Bruni, & le Caualier Marini, sont les seuls Poëtes dont i'ay veu des Poëmes sous le nom d'Idyles. Ceux que le dernier publia luy-mesme à Paris l'an 1620. ont des graces & des beautez à rauir les intelligens & les maistres. Il les diuisa en deux parties. La premiere intitu-

lée, *Idillij fauolosi*, Idyles fabuleux; & la seconde, *Idillij Pastorali*, Idyles Bocagers. Et il me souuient que me faisant vn iour present de son Liure, il me dit, qu'il croyoit n'auoir iamais rien fait de mieux, ny de plus fleury. Aussi furent-ils receus du public auec vn grand applaudissement.

Des Idyles François, et de leurs Autres

14. Entre nos François i'en vois aussi quelques-vns qui se sont exercez en ce mesme genre d'escrire, & qui se sont seruis du mesme nom. En quoy certes ils ont imité les Romains, & presque toutes les autres Nations du monde, qui ont voulu retenir les noms Grecs de tous les Arts, & de toutes les Sciences. Le premier, à mon aduis, qui a fait des Idyles en nostre langue, est Iean de la Fresnaye. Il en composa deux Liures en sa ieunesse, qui ne furent imprimez que sur ses vieux iours en la Ville de Caën, sa patrie, l'an 1613. Le premier Liure contient les Amours Pastorales de Philanon & de Philis, & l'autre les Amours de diuers Pasteurs; le

tout escrit d'vn style assez doux, & mesme assez beau pour le temps de leur composition, puis qu'il trauailloit à ces petits ouurages deuant l'an 1560. C'est là qu'il les appelle non pas Idyles au masculin, mais au feminin Idyllies Pastorales; témoin le commencement de son Liure.

Petites Idillies
Marchez de pieds soudains
Vers les Nymphes iolies,
Et dans les tendres mains
Des Pasteurs plus humains.

En quoy il fit bien paroistre vne manifeste retractation, de ce qu'il auoit soustenu dans la Préface de ses Foresteries, imprimées à Poitiers l'an 1555. puis que c'est là qu'il dit en termes exprés, qu'il n'y a point de Poëte délicat qui ne juge qu'il a bien eu plus de raison d'appeller ses Poëmes Bocagers Foresteries, qu'Eglogues, ou Idylies, du nom Grec. Pour moy ie m'en rapporte au sentiment des Sçauans, & aux veritables connoisseurs des beautez de nostre langue. Et pourtant, s'il m'estoit icy permis de dire ce qu'il m'en semble, ie condamnerois franchement sa premiere erreur, & approuuerois sa iuste retractation. Ie veux dire que i'aime beaucoup mieux Eglogue, ou Idyle, tous Grecs qu'ils soient, que Foresteries, qui est vn mot estranger & barbare en nostre langue.

Pierre le Loyer, bel Esprit du Païs d'Anjou, & celuy à qui nous deuons le docte & curieux Liure des Spectres, composa pareillement des Idyles, mais que suiuant l'erreur de la Fresnaye, il appelle encore Idylies. Il les publia à Paris l'an 1579. auec ses autres œuures Poëtiques. Comme c'estoit vn homme consumé dans tous les secrets de l'ancienne Poësie, il y mesle tant de traits éclatans de la vénerable Antiquité, qu'il y a tout ensemble dequoy apprendre, & dequoy se diuertir. Car encore que son style n'ait pas toute la délicatesse de nostre temps, les iustes Estimateurs des choses ne laisseront pas toutesfois d'en faire estat, quand ils considereront que nostre langue n'auoit pas encore ces ornemens, & ces graces qu'elle a maintenant, & qu'elle doibt aux soins laborieux de tous ces grands hommes qui l'ont depuis si heureusement cultiuée.

Ie pourois presque dire encore la mesme chose d'vn certain Idyle que Guillaume de la Taissonniere Gentilhomme de Dombes, auoit publié à Paris dés l'an 1569. sous ce titre vn peu long & bizarre, Idyllie de la modeste & vertueuse amitié d'vn Gentilhomme non Courtizan enuers sa Maistresse. Car encore que la diction en soit assez nette, & assez facile, il est pourtant tellement dénué de ces brillans d'esprit que l'on rencontre si heureusement dans la florissante Poësie de nostre temps, que cette lecture est vne des plus ennuyeuses choses que i'ay veuës. Iean Edoard du Monin, dans ses diuerses Poësies qui suiuent son Poëme Latin du Phœnix, rapporte vn Idyle François, qu'vn nommé Texier, qui eſtoit de ſes amis, auoit traduit du 23. Idyle de Theocrite. Mais on peut biẽ dire que ce fut vne fleur qui perdit toute ſa grace, & toute ſa vigueur, dés qu'elle fut tirée de ſon propre fonds, & qu'elle fut tranſplantée en vn lieu eſtranger. Ie veux dire que cet Idyle eſt auſſi fade en noſtre langue, qu'il eſt ſauoureux & piquant dans la langue Grecque.

Claude Turrin Dijonnois, nous donna auſſi dans ſes œuures Poëtiques imprimées à Paris l'an 1572. quelques Idyles François traduits du Grec de Theocrite. Mais comme ce Poëte aſſez poli d'ailleurs, n'eſtoit pas fort entreprenant, il n'eut pas le courage de nous les donner ſous leur veritable nom d'Idyle, mais ſeulement ſous le nom connu & commun d'Eglogue, ou meſme d'Elegie, qu'il eut pû du moins appeller Elegie Paſtorale. Et peut-eſtre marchoit il en cela ſur les pas de Pierre de Ronſard, qui s'eſtoit contenté de traduire, ou d'imiter quelques Idyles de Theocrite, sans leur donner ce nom specifique, mais seulement le nom general de Poëme, ou d'Hymne, ou d'Elegie. Ceux qui ont consulté les œuures de ce grand Poëte sçauent aussi bien que moy que son petit Poëme de la Quenoüille pour sa belle Marie, n'est qu'vne pure imitation de l'Idyle 34. intitulé *Colus*; que son Voyage de Tours n'est qu'vne viue image du *Vernum iter*, ou du Voyage Printanier de Theocrite; que son Cyclope amoureux, que son Poëme d'Hylas, que son Hymne de Castor & de Pollux, & quelques autres encore, sont de veritables copies Françoises de ce fameux original Grec.

Ce fut encore dans cette précieuse source de la Gréce, que Remy Belleau puisa son Chant Pastoral sur la mort de Ioachim du Bellay, & son Poëme intitulé les Pescheurs; puis que ce sont deux traductions fideles, ou du moins deux veritables imitations de l'Idyle de Moschus, intitulé l'Epitaphe de Bion Pasteur amoureux, & de l'Idyle de Theocrite, intitulé *Piscatores.* Et cependant ny Belleau, ny Ronſard, ne voulurent, ou n'oſerent iamais donner à leurs Poëmes le nom d'Idyle ; eux qui auoient tant fait, & tant oſé d'autres choſes pour leur honneur propre, & pour la gloire de noſtre langue.

Mais il eſt arriué que de noſtre temps N. de Rampale, qui à mon gré ſçauoit auſſi-bien le beau tour de Vers que pas-vn autre de ma connoiſſance, a renouuellé la gloire de l'Idyle, puis qu'il nous en a donné pluſieurs imitez du Pretti, & du Caualier Marini. Et meſmes comme il auoit vn génie particulier à décrire purement & naïuement les choſes, il en publia l'an 1642. vn autre de ſa façon intitulé, le Départ funeſte, dont la diſpoſition eſt aſſez ingénieuſe, & dont la belle mélancolie ne doit pas moins plaire au Lecteur intelligent, que la douce gayeté de ſes autres Idyles. Triſtan L'hermite en compoſa auſſi quelques-vns à ſon exemple, ou plustost à l'exemple des Italiens, qu'il a presque tousjours fort imitez. Gilles Ménage, dont les Poësies ont à mon aduis tant de iustesse, & tant d'agrément, nous a donné aussi quelques Idyles amoureux fort tendres, & fort passionnez. Et mesmes comme il s'applique entierement à la profonde méditation des Sciences agreables, il a encore inuenté quelques autres Idyles, de qui la nouueauté les peut rendre fort recommandables à tous les beaux Esprits qui estiment, & qui aiment les ouurages de cette nature. Gilles Boileau, dont la docte & seuere censure l'a rendu son nouuel Antagoniste, a pareillement composé en nostre langue quelque Idyle que l'on peut lire auec plaisir dans ses ouurages; où ie souhaiterois de rencontrer vn iour des marques eternelles d'vne veritable réconciliation. Et à ce propos, malheur à ceux qui sement la diuision sur nostre sacré Parnasse, & qui par leurs lâches & infideles rapports font ſi cruellement armer les Muſes contre les Muſes! Iules de la Meſnardiere a pareillement exprimé quelques-vns de ſes beaux ſentimens ſous le ſimple titre d'Idyles, comme on le peut voir dans ſes œuures.

Iugement de l'Idyle heroïque de Gerard de ſaint Amant.

15. Mais celuy qui a porté le plus haut ce genre de Poëme, c'eſt noſtre Amy Gerard de S. Amant, puis qu'il nous a donné ſon Poëme fameux de Moÿſe ſauué, ſous le titre d'Idyle heroïque. Ie ſçay bien que quelques-vns n'ont pas donné toute leur approbation à ce nouueau titre, ſur ce qu'ils ont crû que l'Idyle ne s'eſtendoit pas ſi loin, & que c'eſtoit ioindre deux choſes auſſi diferentes, que d'accoupler vn Geant auec vn Pygmée, & faire ſur le Parnaſſe ce que noſtre ſententieux Horace nous defend.

Humano capiti ceruicem iungere equinam.

Ie ne pretens pas icy faire ſon Apologie, puis que l'ouurier & l'ouurage ſe defendent aſſez eux-meſmes. Ie diray ſeulement qu'il n'a fait en cela que ce que d'autres ont fait en ſemblables occurrences; & que comme il y a des Eglogues Paſtorales qui s'éleuent iuſques à l'heroïque,

Si canimus ſyluas, ſyluæ ſunt Conſule dignæ,

il y peut bien auoir auſſi des Idyles d'vn caractere ſublime qui repreſentent les beaux faits des Heros.

Des Idiles heroïques, et Sublimes.

Apres tout, ceux qui ont inuenté la Tragicomedie, l'Heroïcomique, & meſme la Tragedie Paſtorale, n'ont-ils pas marié des choſes auſſi éloignées, la fureur auec la raillerie, le ſérieux auecque le burleſque, la houlette auecque le Sceptre, & pour demeurer dans les termes de l'Art, le ſoc, ou le bas eſcarpin, auecque le haut Cothurne? Mais ſans ſortir du ſujet de l'Idyle, ne s'en trouue-t'il pas dans Theocrite de beaux & de longs, qui tiennent bien autant de l'Epique que du Paſtoral, & qui oſtez l'humble titre d'Idyle, pouroient paſſer

passer pour quelques-vns de ces nobles Panegyriques de Claudian ? Il ne faut que consulter le 17. Idyle, qui est le magnifique Triomphe du Roy Ptolomée Philadelphe; le 27. qui est l'Hymne de Castor & de Pollux; & le 32. qui contient vne des plus grandes victoires d'Hercule. Aussi quelques Grammairiens ont obserué, qu'entre tous les Idyles de Theocrite, qui sont 36. en nombre, il n'y en a que dix en tout qui soient veritablement Idyles; c'est à dire qui ayent pour matiere de petits sujets. Et c'est pour cela, disent-ils, que Theocrite, aprés auoir fait ses dix Idyles rustiques & pastoraux, consacra vne fluste à dix rangs ou dix chalumeaux, comme le veritable instrument de son Art, au Dieu Pan, qui estoit le Dieu des Bergers. Ie sçay bien que Claude Saumaise, & apres luy Gerard Vossius, disent, qu'en consideration de ces dix Idyles Pastoraux, Theocrite luy auoit encore dédié cette mesme fluste à dix rangs, par vn Idyle de dix Vers seulement. Mais ie ne sçay pas quel est en cela le fondement de ces deux sçauants hommes, ny quelle peut estre leur nouuelle supputation. Car comme il est certain qu'ils entendent parler de l'Idyle de Theocrite, intitulé *Syrinx*, que les Latins appellent *Fistula*, les Italiens *Sampogna*, & les François, Fluste, ou Musette; il est aussi veritable de dire, que ce petit Poëme contient effectiuement 21. Vers, & non pas dix; iusques là mesme que tous ceux qui l'ont traduit en Latin, comme Iean Crispinus, Heobanus Hessus, Andræas Diuus, & tous les autres, y ont tousiours gardé la mesme mesure, & le mesme nombre de Vers, artistement conduits en forme de tuyaux d'Orgues, grands & petits; pour mieux representer la figure de cet instrument Pastoral, aussi bien que pour en publier le prix & la loüange.

Et comme Virgile marchoit en cela sur les pas des Poëtes Grecs, ne fut-ce pas à l'exemple de Theocrite, que des dix Eglogues qu'il composa, il n'y en eut que sept veritablement Pastorales, les autres traittant des sujets plus serieux & plus éleuez, comme la naissance du fils de Pollion, le Silene, & le Gallus? Et ce fut aussi peut estre pour la mesme raison, qu'en parlant de sa Musette ou de sa Fluste Pastorale, il en parle comme d'vn instrument à sept trous, ou à sept pipeaux.

Est mihi disparibus septem compacta
cicutis Fistula.

Il les appelle flustes ou touches inégales, pource qu'elles n'estoient pas de mesme grandeur; mais, comme i'ay dit, semblables à nos Orgues, ou aux aisles des oyseaux, qui sont composées de plusieurs plumes diferentes, grandes & petites.

Quoy qu'il en soit, puis que l'occasion s'en présentoit à propos, i'ay crû deuoir rendre ce témoignage public au mérite de mon illustre Amy sur le sujet du titre de son Liure. Et ce d'autant plus encore, qu'il ne dédaigna pas de me consulter là-dessus. I'adjousteray seulement que mon aduis fut d'escrire comme il a fait, Idyle auec vne *l* seule; car bien que dans le Grec, dans le Latin, & dans l'Italien mesme, il y ait deux *ll*, neantmoins pour ne les point confondre auec vne *l* simple, & pour empescher le Lecteur qui n'y prend pas garde de si prés, de prononcer les deux *ll* comme on les prononce à ces mots brille, famille, fille, & autres terminaisons semblables, ie crûs qu'il estoit à propos de l'escrire en nostre langue auec vne *l* seule. Et si nos Autheurs anciens & modernes l'ont escrit autrement, ie m'imagine que c'est plustost par inaduertence, que par dessein formé.

Ie ne sçay point d'autres Poëtes François qui iusques icy ayent appliqué leur esprit & leur plume à ce genre d'escrire. Car, comme i'ay dit, quand ils ont voulu faire des ouurages Bucoliques, ils les ont tous appellez Eglogues, ou Bergeries, ou Pastorales. Et comme il n'y en a presque pas vn d'entr'eux, ny des Italiens mesmes, qui dans ses Idyles n'ait souuent pris l'essor du costé de la longueur de ce Poëme, il n'y en a presque point aussi qui n'ait quelquesfois déguisé ses Bergers en Princes, & qui ne leur ait fait emboucher la trompette, au lieu de la fluste, ou de la cornemuse.

Des Bergeries en Prose & en Vers.

16. Mais auparauant que de finir ce Discours du Poëme Bucolique, ie diray que nos Poetes modernes ne se sont pas contentez de faire des Bucoliques & des Pastorales en Vers, ils y ont encore quelquesfois meslé la Prose; ce qu'ils ont fait sans doute à l'exemple de Sannazar dans son Arcadie. Et peut-estre Sannazar luy-mesme s'estoit en cela proposé pour modele Martianus Capella dans son ouurage des Nopces de Mercure, & de la Nymphe Philologie; & Boëce dans ses Liures de la Consolation de la Philosophie. Et de ces précieuses

ſources ſont dériuez tant d'ouurages de cette nature, de different mérite, & en tant de diuerſes langues ; la Diane de Montemajor ; la Diane amoureuſe de Gaſpard Gilles Pol, traduite en Latin par Gaſpard Barthus ; la conſtante Amarillis de Chriſtoual Suarez ; les Delices de la Vie Paſtorale de l'Arcadie de Lopé de Vega ; les Peſcheries, & les Eglogues Paſtorales du Comte Mattée de S. Martin ; la Bergerie de Remy Belleau ; les Bergeries de Iulliette, d'Olenix du Mont ſacré ; la Chaſte matinée du fidele Amant ; la Pyrenée, ou Paſtorale amoureuſe, de Belleforeſt ; la Camille de Boton ; l'Amour de la Beauté, de du Crozet ; les Infortunes du fidele Berger dans la Ville de Mante ; l'Amour triomphant, Paſtorale Comique ; les Thuilleries d'Amour ; la Sidere Paſtorale d'Ambillou ; les Bergeries de Veſper ; les Bergeries de Bernier de la Brouſſe ; la diuine Aſtrée d'Honoré d'Vrfé ; l'Entretien des Illuſtres Bergers, de nostre Amy Nicolas Frenicle; & quelques autres encore qui pouroient m'estre échapez.

17. Mais, à mon aduis, le premier de nos François qui à l'exemple des Latins & des Italiens s'aduisa de mesler la Prose aux Vers, ce fut Iean de la Fresnaye dans ses Foresteries imprimées dés l'an 1555. Car Remy Belleau ne fit voir le premier Liure de sa fameuse Bergerie que dix années aprés, à sçauoir l'an 1565. Et c'est ce que le mesme la Fresnaye n'a pas oublié de remarquer en quelque endroit de ses œuures, où il parle ainsi de ce genre de Poëme Bucolique.

Les premiers Autheurs des Bergeries en Prose & en Vers.

> *Toutesfois dire i'ose*
> *Que des premiers aux Vers i'ay marié*
> *la Prose.*

Et voilà ce que i'ay iugé à propos de dire sur le sujet du Poëme Bucolique, duquel pas vn de nos Autheurs François n'auoit iamais encore parlé, ou du moins n'en auoit dit qu'vn mot en passant.

G. COLLETET.

www.ingramcontent.com/pod-product-compliance
Ingram Content Group UK Ltd.
Pitfield, Milton Keynes, MK11 3LW, UK
UKHW021656260726
13994UKWH00003B/1489

9 782329 435886